LES CHOSES
COMME ELLES VONT.

Prix, 30 centimes.

PARIS,

Chez CORRÉARD, libraire, Palais-Royal, galerie de bois.

20 mai 1820.

LES CHOSES

COMME ELLES VONT.

ART. 1er.

RENNES.

(17 mai.)

L'exemple de nos jeunes compatriotes a trouvé des imitateurs. Des lettres de Grenoble nous apprennent aujourd'hui que plusieurs habitans de cette ville, des étudians de la faculté de droit surtout, peu effrayés de la condamnation prononcée par le gouvernement et ses agens contre le cri de *vive la charte!* que leurs condisciples de Rennes avaient osé faire entendre, lors d'une revue passée par le lieutenant-général de la division, viennent de se permettre, dans une occasion à peu-près semblable, le même *acte de sédition.* Les autorités de ce pays ont accueilli ce cri avec la même indignation que les nôtres. La présence d'un prince qui parcourt en ce moment une partie de la France avec la mission avouée par lui-même, de rassurer la population effrayée sur la ferme intention du roi, de maintenir nos institutions constitutionnelles; la présence de ce prince, dis-je, et ses déclarations formelles n'ont point empêché quelques magistrats imprudens de traiter de *révolte* l'expression d'un sentiment que leurs fonctions leur font un devoir de professer , au moins extérieurement.

Des officiers supérieurs de la suite du prince , loin de ses yeux sans doute , ce qu'on ne nous dit pas , ont qualifié de *canaille qu'il fallait larder* les citoyens qui exprimaient ainsi leur attachement à la loi fondamentale, et l'invocation qu'on en faisait a été traitée par eux de *cri de ralliement.* On ajoute qu'ils ont eux-mêmes donné le signal de la dispersion des groupes constitutionnels , et qu'ils ont commandé l'expédition.

Il paraît que depuis l'affaire de Rennes , la proscription de la charte a fait encore quelques progrès. Contre nous , on s'était borné aux menaces; à Grenoble , on compte quelques victimes.

Un commissaire spécial de police , qui n'avait pas cru coupables de délit flagrant les auteurs du cri proscrit, a été suspendu par le préfet, et remplacé provisoirement. Deux jeunes étudians ont été arrêtés, mais relâchés presque sur-le-champ. Un autre étudiant , entouré par un groupe de forcenés , n'a dû la vie qu'au courage d'un officier d'artillerie qui l'a protégé de son épée. Des informations doivent avoir lieu , et le ministère public tire déjà de son arsenal toutes les armes usitées en pareilles circonstances. On semble ne rêver qu'aux moyens d'augmenter de jour en jour une irritation dont on devrait craindre les suites. Quel vertige aveugle donc les imprudens, je dirais presque les coupables dépositaires d'une autorité qui certes ne leur a point été confiée dans de semblables intentions ? Quel but prétendent-ils donc atteindre, en lançant ainsi dans la carrière des révolutions une jeunesse avide de liberté et de repos ? Ignorent-ils quelle est sa force et combien sa susceptibilité doit être ménagée ? Oui, et nous voulons qu'on le sache, oui, nous tenons à conserver, au prix de notre sang, s'il le faut, les garanties que nos pères ont si péniblement conquises. Nous le voulons d'autant plus fortement, que nous avons la confiance de nos forces, et qu'il n'est pas un de nous qui ne soit persuadé que si jamais une lutte s'engage entre les amis et les ennemis de la liberté, la victoire ne saurait être douteuse.

La lettre qui nous apporte les détails que je vous transmets, avait été précédée d'une félicitation adressée par l'école de droit de Grenoble à l'école de droit de Rennes pour sa conduite lors de la revue du 30 mars. Pareille félicitation nous avait été adressée par les étudians de la faculté de droit de Toulouse ; mais la lettre qui la contenait a été interceptée par un de nos professeurs, auquel elle avait été adressée pour nous être remise. Les étudians de Poitiers et de Caen n'ont pas moins approuvé notre conduite, et l'on parle d'une députation que ces deux écoles doivent envoyer à Rennes pour fraterniser avec les étudians de notre faculté. Nous n'avons pas trouvé chez tous nos professeurs la même approbation. Un d'eux surtout a pris l'occasion d'une de ses leçons, pour condamner publiquement la manifestation de principes qu'il prétend dangereux. Son hors-d'œuvre a été accueilli par des murmures, et un élève au nom de tous, s'étant levé pour lui répondre, a fait l'apologie de ses condisciples, et a repoussé avec indignation l'épithète de *séditieux*, qu'un professeur en droit donnait au respect que montrent ses élèves pour la plus fondamentale des lois qu'il est chargé de leur enseigner.

On parle d'établir une ligne de démarcation entre les étudians de différentes années : chaque étudiant devra suivre les cours qui lui sont assignés , et ne pourra se présenter dans les autres. Nous ne pouvons savoir ce qu'on se promet de cette mesure , trop ridicule pour que nous puissions croire qu'on y ait recours. Nous croirions plus volontiers à un acte inconstitutionnel, dans le genre de celui qu'une ordonnance du 4 février 1817 a consacré, et dont onze étudians de cette école ont été victimes.

Depuis son incartade du 30 mars, le lieutenant général commandant notre division, passe subitement et d'heure en heure de l'épouvante à la forfanterie.

Il craint aujourd'hui pour ses jours, et des lettres écrites d'un de nos arrondissemens le préviennent qu'on en veut à sa vie ; l'incendie fortuit d'une forêt est un événement préparé par la malveillance, afin de massacrer la garnison diminuée d'un détachement envoyé pour arrêter les progrès du feu. Le lendemain, notre général défie hautement les séditieux : il les attend à une nouvelle occasion.

L'anniversaire du retour du roi dans sa capitale amène une seconde revue. Les jeunes gens y assistent comme à la première, avec les mêmes dispositions, et le général, oubliant ses menaces, s'abstient de toute provocation. Point de cris de *vive le roi*, partant point de cris de *vive la charte*. C'est peut-être de la prudence ; mais sur ce point encore, nous ne sommes pas en reste. Depuis le retour de la belle saison, il se formait, vers le soir, sur une de nos promenades publiques, des groupes de jeunes citoyens qui s'entretenaient le plus souvent des affaires publiques, et des dangers que couraient nos libertés. Ces réunions ont alarmé l'autorité ; alors les groupes se sont partagés ; mais le sujet des conversations est toujours le même. Tous les yeux sont tournés vers la chambre des députés : toutes les espérances sont placées dans les courageux efforts de la minorité nationale.

On essaye vainement d'armer contre nous, par les insinuations les plus perfides, la garnison dont on méconnaît ainsi la bonne composition. La meilleure intelligence régnera toujours entre nous et les militaires stationnés dans nos murs, et quelques querelles suscitées par des instigateurs tourneront à la honte de ceux qui espéraient s'en faire une arme. On sait assez que nous n'avons pas l'usage de payer des sicaires pour battre ou assassiner les gens qui nous déplaisent. Ces moyens ne sont pas de notre invention.

Nous allons à notre tour complimenter nos condisciples de Grenoble sur le courage et le patriotisme dont ils n'avaient pas besoin qu'on leur donnât l'exemple : nous allons leur promettre, dans toute occasion, notre secours et notre appui pour concourir à la défense de nos libertés si un parti ennemi continue à les menacer. Notre position est à peu près la même que la leur. Chez eux comme chez nous, les partis sont bientôt aux prises, il n'y a point de neutres, et c'est sur ces deux points que pourrait s'engager le combat. Dans la crainte que le gouvernement n'ait pas à sa disposition assez de forces pour comprimer toutes les tentatives séditieuses, tous ceux de nos condisciples qui, par leur âge et la contribution de leurs pères, sont appelés à faire partie de la garde nationale, composée par nos lois de tous les français âgés de vingt ans, imposés, ou fils d'imposés au rôle des contributions directes, sont dans l'intention de s'armer et de s'équiper complétement pour être employés par l'autorité dans les circonstances

extraordinaires où la garde nationale active serait insuffi-
sante : presque tous les citoyens patriotes de notre ville ont
conçu le même dessein, qui ne peut manquer de trouver
des imitateurs sur tous les points de la France. L'autorité,
dans cette circonstance, qu'on pourrait prévoir, tirerait
un utile parti de cette organisation.

Nous imaginons que les étudians de Paris approuveront
aussi notre conduite, et nous pensons qu'ils ne désirent
pas moins vivement que nous, que nos droits et nos
libertés soient fortement garanties ; nous espérons que
si nous réclamions leurs secours, ils seraient disposés à
nous l'accorder. Le séjour de Paris n'a pas éteint chez
eux, tous sentimens de patriotisme, tout amour de la
liberté.

La censure nous tient dans l'ignorance la plus complète
de tout ce qui se passe à quelque distance de nous ; notre
journal ne voulant pas être servile, est devenu presque
nul ; et la figure de nos hommes monarchiques est notre
seul baromètre politique. Nous les savons bien informés,
et chaque jour nous apprenons par leur contenance ce
qu'ils espèrent ou ce qu'ils craignent. Quelques-uns d'entre
eux viennent de nous quitter assez brusquement. A la suite
de quelques démêlés politiques, des rendez-vous avaient
été proposés et acceptés, et tandis que leurs adversaires
s'y rendaient ponctuellement, la diligence les emportait
eux et leurs épées loin du champ de bataille où ils crai-
gnaient que leur courage ne les trahît.

J'attends de vous que vous nous tiendrez au courant de
tous les incidens qui accompagneront la discussion du projet
de loi subversif du sysème constitutionnel. Les orateurs
du côté gauche, ne parleront probablement que pour
l'instruction de la nation ; mais ils ne croiront pas que

leur mandat leur permette de voter, même négative-
ment, sur une loi qui annulle toute représentation. Nous
attendons une protestation formelle des deux députés qui
représentent la partie constitutionnelle de notre département.......

ART. 2.

La faction qui domine aujourd'hui, qui montre au gouvernement la pente qu'il doit suivre et qui l'y précipite,
il y a un mois encore se défendait du reproche qu'on lui
adressait, avec tant de raison, de vouloir faire de l'aristocratie le moyen et le but unique du gouvernement.

Mais le temps de la dissimulation est passé; la faction est
dans la nécessité d'avouer son but, de se montrer à décou-
vert. Elle ne se défend plus de vouloir faire prédominer
l'aristocratie, non seulement parce qu'elle sent bien
qu'elle est confondue par l'évidence, mais encore parce
qu'en niant qu'elle le veuille, elle se mettrait dans l'im-
possibilité de parler et d'agir, puisqu'elle ne peut rien
dire ni rien faire qui ne tende à constituer une aristocratie; et je crois même que son dessein est si clair et son
but si direct, qu'alors même qu'elle voudrait s'abstenir
d'en prononcer le nom, elle ne le pourrait pas.

Soit donc par la force des choses, soit un effet de la pas-
sion, qui ne connaît pas de dangers et qui se refuse à des
ménagemens, les partisans de l'ancien régime demandent
aujourd'hui, sans détours et avec éclat, ce qu'ils soupi-
raient tout bas, il y a un an, dans quelques obscurs pam-
phlets, sous les noms de *Charte*, de *Monarchie*, d'*Hon-*

nêtes gens ; et , de même qu'un ministre qui naguère demandait *franchement* l'arbitraire à une nation qui se réjouissait et se glorifiait d'avoir conquis la liberté , de même, et sans pudeur , ils déclarent vouloir asservir à l'aristocratie cette même nation , encore tout irritée des maux qu'elle en a soufferts , encore toute froissée des combats qu'il lui a fallu soutenir pour l'extirper de son sein.

A une époque où les aristocrates devaient se croire encore loin de leur but , où ils ne pouvaient penser à y marcher directement, ils travaillaient à s'en aplanir la route en ressuscitant les anciennes erreurs, les anciennes superstitions , qui pendant si long-temps avaient servi de base à leur cause et l'avaient rendue sacrée. Le droit divin était le texte ordinaire d e leurs complaintes politiques ; arguant sans cesse de la légitimité de la famille royale que personne n'était tenté de nier , ils voulaient que l'on confondît ce qu'ils appelaient leurs droits dans la même source. Et sans doute que s'ils fussent parvenus à persuader à la nation que c'était de droit divin qu'une famille régnait sur elle , ils seraient parvenus à embarrasser fortement les consciences à leur égard ; mais comme aux yeux de la nation la légitimité de la dynastie se fondait sur l'utilité, et que les privilèges aristocratiques , et que les vexations féodales étaient loin de se recommander au même titre , il arriva que la même raison qui ralliait la majorité au trône des Bourbons, lui faisait repousser bien loin les prétentions des aristocrates. Ceux-ci pourtant trouvaient trop commode de pouvoir s'imposer au nom de la divinité, pour ne pas travailler de toutes leurs forces à se préparer une génération plus docile, et ils appelèrent à leur aide le précepte religieux de l'ignorance, et ils employèrent tout leur crédit, toute leur influence pour le faire prévaloir, en persécutant de mille manières l'enseignement mutuel au profit de l'enseignement des frères ignorantins.

Il y a un an que les aristocrates pouvaient s'occuper sérieusement de ces moyens et de préférence à tout autre ; c'est qu'alors ils devaient désespérer du moment. Mais les erreurs, mais les passions ministérielles ont rapproché leur avenir : ils se sont vus de l'extrémité de la carrière transporté tout à coup près du but ; ils ont donc dû renoncer à un moyen qui n'était pas encore mûr, pour adopter une tactique plus chanceuse sans doute, mais que commandait impérieusement la disposition des esprits ; ils ont dû essayer de démontrer à la nation, par l'utilité, la légitimité de leurs prétentions.

On a remarqué non sans étonnement que M. de Bonald dans la cause de l'aristocratie, avait parlé clairement. Je ne m'en étonne pas moi ; c'est que dans cette circonstance l'orateur est sorti de ses doctrines.

Mais comment se fait-il que M. de Bonald qui n'a jamais vu dans une nation autre chose qu'une famille, qui par conséquent n'a jamais conçu d'autre gouvernement que celui du père dans sa maison, c'est à dire le pouvoir absolu, le pouvoir arbitraire, qui a toujours professé que ce qui tendait à limiter la puissance du prince était une dérogation, une exception à la loi permanente et primitive ; comment, dis-je, se fait-il que M. de Bonald soit aujourd'hui un des ardens défenseurs de l'aristocratie ?

Aurait-il été déterminé par des intérêts particuliers ; par l'esprit de caste ? Aurait-il fait le sacrifice de ses doctrines à des considérations personnelles ?

Je me refuse à cette supposition : je crois plutôt que M. de Bornald, fidèle à ses doctrines, mais désespérant de les voir prévaloir par une brusque révolutions, se sera prêté aux vues de l'aristocratie dans l'opinion qu'il était plus facile de passer de là au gouvernement de famille , que du point où nous sommes. Je pourrais bien élever quelques doutes sur cette opinion ; mais ce n'est pas le lieu. Voyons comment l'honorable député a justifié l'utilité de l'aristocratie.

Selon lui , c'est par l'aristocratie seulement que le gouvernement anglais se soutient, et surtout par l'aristocratie de la chambre des communes ; à ceci , je pourrais objecter à M. de Bonald , et avec raison je crois, l'agitation extrême qui règne en Angleterre dans le parti populaire , et dont la principale cause, sans doute, vient de ce que partout les intérêts du peuple sont sans défenseurs , sans représentation ; mais je me refuse à toute comparaison que l'on voudra faire entre les anglais et nous, parce que nos situations, dans le cas dont il s'agit , n'ont rien de comparable. On ne concevrait pas comment en Angleterre, l'aristocratie pourrait tout envahir sans que la constitution en souffrît ; mais on conçoit bien comment elle peut y avoir beaucoup d'extension, sans que les mœurs , sans que les habitudes et les autres intérêts de la nation en soient blessés, puisque c'est l'aristocratie qui a voulu et qui a fait en grande partie la révolution d'où sont nées les institutions existantes. Il est donc naturel qu'elle s'y trouve pour beaucoup et qu'on l'y voie sans peine ; mais en France, il n'en peut être ainsi, puisque bien loin que l'aristocratie ait fait la révolution qui a produit la charte, c'est contre elle que la révolution a été faite. Et qu'on ne prétende pas de ce que la chute du trône a suivi de près la ruine de l'aristocratie , que je veuille dire que la monarchie s'est trouvée condamnée avec elle : non ; la chute momentanée du trône n'a été qu'un accident de la révolution, un effet de sa déviation. C'est à l'origine de la

révolution qu'il faut en chercher le but ; or à cette époque
le maintien de la monarchie était du consentement de
tous comme la destruction de l'aristocratie.

Mais je reviens aux autres argumens de M. de Bonald.

C'est un énorme contre sens politique, dit-il, c'est constituer un imminent danger, que de mettre d'un côté, toute
l'aristocratie dans la chambre des pairs, et de l'autre toute
la démocratie dans la chambre des députés. L'orateur
pense que ces deux élémens n'ayant rien de commun, n'ayant
aucun point de contact, aucun rapport ne peut s'établir
entr'eux ; il ne croit pas que le roi puisse en former le
lien, attendu qu'il ne participe ni de l'aristocratie, ni de la
démocratie. Où pense-t-on que cette découverte doive
mener M. de Bonald ? Serait-ce à faire un mélange de ces
deux élémens dans chacune des chambres ? Non ; d'abord
cela est impossible dans la chambre des pairs ; et dans la
chambre des députés un pareil mélange serait sans effet :
car ou la majorité serait démocratique, et alors la fraction
aristocratique serait insignifiante, ou bien ce serait l'aristocratie qui aurait le dessus, et dans ce cas la minorité démocratique se trouverait nulle. Il faut donc opter, et M. de
Bonald se détermine pour l'aristocratie.

Voilà qui est fort bien : il n'y aura plus de lutte entre
la chambre des pairs et celle des députés, puisqu'étant
de même nature, ayant les mêmes besoins, elles devront
former les mêmes vœux. Mais la lutte ne sera-t-elle pas
plus forte que jamais entre le trône et les chambres, puisque entre l'aristocratie et la monarchie, M. de Bonald ne
voit pas non plus de point de contact ? Quel moyen imagi-
nera-t-il pour y mettre fin ?

M. de Bonald ne s'est pas expliqué sur ce point ; je vais
essayer de pénétrer dans sa pensée.

Pour mettre tout d'accord, remplacera-t-il le trône par une olygarchie ? Ici il y aurait des rapports : l'olygarchie est parente de fort près de l'aristocratie ; mais non, M. Bonald ne voudra pas sacrifier la monarchie. Ce sera donc l'aristocratie qu'il congédiera ? Je suis très-porté à le croire. Dans cette circonstance, M. de Bonald n'a pas réuni ses idées, n'a pas tiré de conséquence de ses raisonnemens ; mais cette conséquence est, je crois, celle que j'en viens de tirer moi-même. L'on voit donc, que par un secret instinct, M. de Bonald est revenu à sa doctrine, justement par le chemin qu'il avait pris pour s'en éloigner ; et que tout en croyant plaider pour l'aristocratie, c'est-à-dire pour le despotisme de plusieurs, il a plaidé effectivement pour le gouvernement *paternel*, c'est-à-dire, pour le despotisme d'un seul.

J'abandonne volontiers la partie plaisante du discours de M. de Bonald, et je déclare qu'en m'appesantissant si long-temps sur l'autre, j'ai eu bien moins pour objet de refuter l'honorable député en particulier, que des argumens qui me paraissent être les seuls que l'on puisse employer en faveur du nouveau projet de loi sur les élections.

ART. 3.

QUOIQUE jusqu'à présent le ministère ait trouvé moyen de former, en sa faveur, la majorité strictement nécessaire, sa marche devient chaque jour plus pénible, plus difficultueuse, et les chances de succès diminuent. Tant qu'il n'a travaillé qu'au profit du pouvoir, il a pu trouver un appui parmi ces hommes qui, jusqu'à présent, avaient suivi les bannières de M. Decazes. Mais aujourd'hui c'est en faveur d'un parti, d'un parti terrible, implacable, lésé pendant la révolution, et arrêté jusqu'à ce jour dans l'exécution du plan qu'il a tracé pour recouvrer, sous des noms modernes, tout ce qu'il a perdu sous des dénominations anciennes.

Cette réunion d'hommes formée par les soins de M. Decazes, s'éloigne également des deux extrêmes. Elle peut bien consentir à s'adjoindre un parti ; mais si jamais elle se met à sa suite, tout est perdu pour elle. C'est justement la faute dans laquelle le ministère s'apprête à la faire tomber en lui faisant appuyer de toutes ses forces la loi d'élections proposée.

On conçoit fort bien que le centre de la chambre voulut la loi présentée par M. Decazes : elle mettait toute l'influence entre les mains des ministres, et ceux qui avaient suivi leurs bannières, étaient bien sûrs que le choix des excellences tomberait sur eux à chaque renouvellement.

On conçoit encore comment le centre a pu défendre la la loi du 5 février. C'était cette loi qui avait produit l'avant dernier ministère, celui dont les hommes se sont le mieux trouvés.

Cette loi, quoi qu'on en dise, n'a pas empêché l'élection de quelques ultrà et de plusieurs ministériels. Comme elle remet le pouvoir d'élection dans les mains d'un grand nombre d'hommes, il est presque impossible de prévoir les choix ; et, au moyen de quelques services rendus au département, de quelques allégemens démandés et obtenus dans le budjet, on peut obtenir des électeurs ce que d'autres en obtiennent par d'autres voies.

Mais une fois la loi aristocratique en vigueur, et l'élection remise entre les mains de l'aristocratie, elle ne choisira plus de députés que dans son sein ; tout lui sera suspect, et ceux qui ont appuyé la loi du 5 février en 1817, qui l'ont défendue en 1819, qui ont fourni la majorité de M. Decazes après le 5 septembre, qui ont porté les premiers coups à l'aristocratie alors si puissante, seront repoussés par elle avec autant d'horreur que les libéraux.

Ils la servent aujourd'hui ; ils l'ont combattue il y a deux ans. La vengeance et la sécurité des ultrà exige également que ces hommes ne soient plus dans une position d'où ils pourraient les abattre une seconde fois.

Mais combien de temps jouiront-ils encore du prix de leurs sacrifices ? achèveront-ils le terme de leur mission, et ne sortiront-ils de la chambre qu'à leurs cinq années expirées ?

Les ultrà voudraient leur rendre ce service, qu'ils ne le pourraient pas.

Une fois la loi aristocratique adoptée, quelque sûrs qu'ils puissent être de la majorité, ils ne peuvent, ni eux, ni les ministres, marcher plus long-temps avec une minorité si nombreuse, si forte, si bruyante, si courageuse, qui sait profiter de tous les avantages, créer des obstacles sans fin, et qui tire une grande partie de sa force de l'opinion du dehors.

Si les ultrà ont le dessus, ils vont aller rapidement de tentative en tentative jusqu'à ce qu'ils aient atteint leur but. Chacun de leurs succès sera un échec pour la nation, une atteinte portée à ses droits, une violation de l'égalité, une lésion des intérêts créés par la révolution; chacun d'eux excitera donc de violens combats pareils à ceux dont nous avons déjà été témoins. Et quoique les lois n'en soient pas moins adoptées, cette résistance avertit trop bien les esprits du danger qui les menace; elle éveille trop l'opinion publique, elle montre trop à nu les vices des lois projetées, pour que les lois n'en souffrent pas, et pour que, dans l'application, elles ne donnent pas des résultats différens de ceux que l'on attendait.

D'ailleurs il est impossible de diriger une assemblée quand il s'y trouve une réunion nombreuse d'hommes doués de talens, jouissant d'une grande popularité, dont la voix retentit dans toute la France, et qui ne laissent pas passer une seule faute sans la faire apercevoir.

Cette lutte continuelle qu'il faut soutenir, et dans laquelle le ministère n'a presque jamais que l'avantage de quelques voix, l'empêche de se livrer à des travaux plus sérieux, déjoue ses projets d'avance, et dévoile trop les choses que l'on aurait intérêt à cacher. Si cette résistance est pénible maintenant, que sera-t-elle dans quelques mois, lorsque les députés qui l'ont créée auront été chercher de nouvelles forces dans l'approbation des électeurs qui les ont nommés.

Il sera donc nécessaire, après l'adoption du budget, de dissoudre la chambre; alors, ultrà, ministériels et libéraux ne seront que des candidats, la loi aristocratique ne laissera revenir que les premiers. Ceux au profit de qui elle est faite repousseront les libéraux, parce qu'ils sont leurs adversaires déclarés; et les ministériels, parce qu'ils se défient d'eux et qu'ils séparent leurs intérêts des leurs, comme M. de Bonald l'a fait clairement entendre dans une des dernières séances.

IMPRIMERIE DE MADAME JEUNEHOMME PREMIÈRE,

RUE HAUTEFEUILLE, N° 20.

www.ingramcontent.com/pod-product-compliance
Lightning Source LLC
LaVergne TN
LVHW010107060726
842524LV00006B/2375